Crispín,
EL CERDITO
QUE LO TENÍA TODO

Ted
DeWan

EDITORIAL JUVENTUD

Barcelona

Este libro está dedicado a
Scott,
Chris,
Tim,
y naturalmente,
Crispin,
quien me ayudó a unir las piezas

Título de la edición original: CRISPIN, THE PIG WHO HAD IT ALL
Copyright : © Ted Dewan, 2000
Publicado por acuerdo con Transworld Publishers,
una division de Random House Group Ltd.
© de la traducción española:
EDITORIAL JUVENTUD, S. A.
Provença, 101 - 08029 Barcelona
E-mail: info@editorialjuventud.es
www.editorialjuventud.es
Traducción: Élodie Bourgeois y Teresa Farran
Tercera edición: 2014
ISBN: 978- 84-261-3171-3
DL B 40717-2000
Núm. de edición de E. J.: 12.793
Impreso en España - Printed in Spain
Impuls 45 – Avda. Sant Julià 104 – 08403 Granollers (Barcelona)

Crispín Jabugo era un cerdito que lo tenía todo.

Y en Navidad todavía tenía **más cosas**.

Una Navidad, le regalaron un  ROBOT-OSO ZYBOX®.

Pero en semana santa
ya se había cansado de él...

... y luego se rompió.

En la Navidad siguiente, le regalaron un saltador SUPERPONI®.

Pero el día de Reyes
      ya se había cansado de él...

... y luego se rompió.

En la última Navidad, le regalaron una GIGA-PORQUISTATION® y todos los últimos juegos.

Pero en Año Nuevo, ya se había cansado de ellos...

y, como siempre, se rompieron.

Esta Navidad, cuando se levantó para ir a ver sus nuevos juguetes, Crispín encontró una caja enorme.

Querido Crispín, en esta caja encontrarás la única cosa que no tienes. Es el mejor regalo del mundo.

–¡Fantástico!
–gritó Crispín.

Deshizo el lazo,
levantó la tapa
de la caja

y miró dentro.

Pero la caja
estaba vacía.

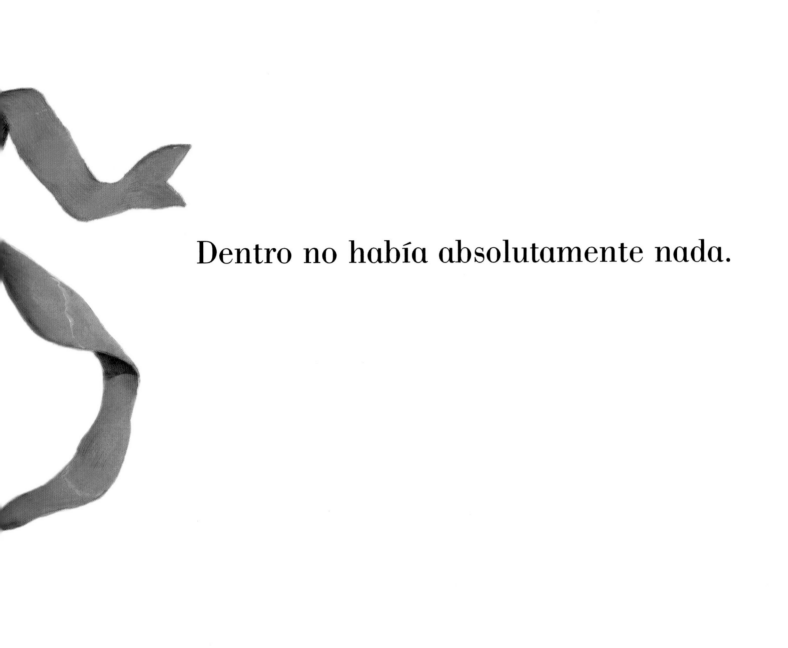

Dentro no había absolutamente nada.

Crispín se sentó
y se puso a llorar.

–¿Qué te pasa, Crispín,
cariño? –dijo la señora
Jabugo dulcemente.

–Papá Noel no me
ha traído nada
–lloriqueó Crispín.

–¿Has sido un buen
cerdito, este año?
–preguntó el señor
Jabugo.

–¡Oh, debe de ser
una equivocación!
–dijo la señora Pico,
la asistenta–. Seguro
que Papá Noel
no quería entristecerte.

Pero Crispín
estaba muy triste.

Empujó la caja
fuera de la casa,
subió a su habitación
y no salió de ella
en todo el día.

No bajó ni para
la cena de
Nochebuena.

Crispín estaba mirando
por la ventana y vio
a un conejo y un mapache.

–¡Qué caja más grande!
–dijo el conejo.
–¡Vamos a llevárnosla!
–dijo el mapache.

Pero Crispín
no quería que
nadie se
llevara su caja.

–Esto no es
divertido –dijo.

Pronto tuvo frío
y volvió a entrar
en la casa.

Al día siguiente, Nico y Paco se acercaron
de nuevo a jugar con la caja de Crispín.

–¡Eh, esto es MÍO! –gritó Crispín–. ¡Fuera de aquí!
–No estamos estropeando nada –dijo Paco–.
Jugamos a la base espacial.

–Yo no veo ninguna base espacial –gruñó Crispín.
–¡Cuidado, Paco! –gritó Nico–. ¡Un EXTRATERRESTRE!

–¡Yo no soy un extraterrestre, sois VOSOTROS!
–dijo Crispín–. Y ahora ¡FUERA DE AQUÍ!

–¡Zzzim! –gritó Nico–. ¡Desintégrate, alienígena!

–¡Has fallado el tiro! –chilló Crispín.

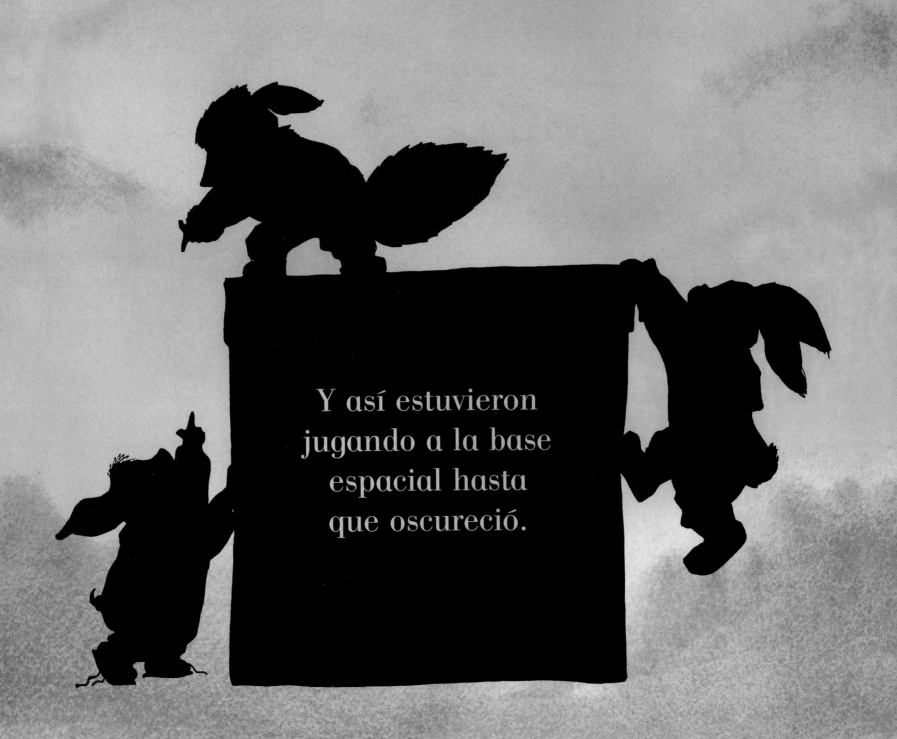

Y así estuvieron
jugando a la base
espacial hasta
que oscureció.

El sábado,
el señor Jabugo
le dio la semanada.

–¿Irás al centro comercial,
hoy? –le preguntó
el señor Jabugo.

–No, hoy no
–dijo Crispín.

Tal vez Nico y Paco pasaran por allí.

Nico y Paco
pasaron por allí,
y jugaron a **TIENDAS**,

CRISPÍN

PIRATAS,

CASTILLOS,

y, naturalmente,
a su preferida...

BASE ESPACIAL.

Jugaron tantas horas, que Crispín llegó tarde a cenar.

Aquella noche,
el tiempo cambió.
Llovió sin parar.
La nieve se derritió.

Y la caja de Crispín
se ablandó.

—Mi caja se ha
deshecho —dijo
Crispín lloriqueando—.
Ahora mis amigos
ya no volverán.

Pero, naturalmente, sus amigos volvieron.

–¡Mirad todas estas cosas! –gritó Nico.
–¡Bah! Todo está roto –dijo Crispín–.
Solo son trastos viejos.

Pero sus amigos
no opinaban lo mismo.

Ayudaron a Crispín
a recoger las piezas rotas
del Robot-oso Zybox®,

del
Superponi®,

y de la
Giga-PorquiStation®,

y entre todos
consiguieron
una fabulosa

Jugaron hasta que se les pasó
la hora de la cena,
y casi se perdieron los postres.

Un viernes, después de la escuela, Crispín volvía a casa con sus amigos para jugar.

–¡Hola niños! –dijo la señora Pico–. Venid a ver la nevera nueva que acaban de traer. ¡Sabe hacer helados!

–¡Fantástico! –gritaron los amigos de Crispín.

–¡Ah, por cierto, Crispín! –dijo la señora Pico–.
El hombre que ha traído la nevera se ha llevado
los trastos viejos de tu habitación.
Ahora está limpia y ordenada.

–¡TRASTOS VIEJOS!
–gritó Crispín–.
¡No eran trastos
viejos!

Era una **tienda**…
y un **barco pirata**…
y un **castillo**… y una
BASE ESPACIAL…

¡Y lo has tirado todo!

–Todos mis amigos se van a ir.
Ya no hay nada con que jugar.

Crispín se puso a llorar.

Pero en su jardín trasero,
vio la caja inmensa
en la que habían traído la nevera.

Crispín se acercó,
miró dentro
de la caja vacía…

Y vio
que estaba llena.